Cuando tu abuelo te regala una caja de herramientas

PARA MI PAPÁ, QUIEN ME HA DADO LAS HERRAMIENTAS PARA ENFRENTAR CUALQUIER DESAFÍO; PARA RICKY, NATHAN Y ALEX, CON QUIENES ADORO CONSTRUIR UNA VIDA. YO LOS QUIERO MÁS. –J.L.B.D.

PARA MI ABUELO ED Y MI ABUELO RAFA. –L.R.

NOTA DE LA AUTORA:

En 2015, a mi esposo Ricky le diagnosticaron un tumor cerebral. A pesar de todo lo que le ha ocurrido, su valentía y fortaleza siguen siendo una inspiración para nuestra familia y para muchas otras personas. En su honor, y en honor a otros pacientes con tumores cerebrales y con cáncer infantil que hemos conocido a lo largo de esta experiencia, hemos incluido un lazo gris y otro dorado en las ilustraciones para generar conciencia sobre estas enfermedades y mostrar nuestro apoyo a todos los afectados.

STERLING CHILDREN'S BOOKS
New York

An Imprint of Sterling Publishing Co., Inc.

ISBN 978-1-4549-4412-6

Distribuido en Canadá por Sterling Publishing
a/c Canadian Manda Group, 664 Annette Street
Toronto, Ontario M6S 2C8, Canadá
Distribuido en el Reino Unido por GMC Distribution Services
Castle Place, 166 High Street, Lewes, East Sussex BN7 1XU, Inglaterra
Distribuido en Australia por NewSouth Books,
University of New South Wales, Sídney, NSW 2052, Australia

Para obtener más información sobre ediciones personalizadas, ventas especiales y compras premium y corporativas, comuníquese con el departamento de ventas especiales de Sterling al 800-805-5489 o envíe un correo electrónico a specialsales@sterlingpublishing.com.

Fabricado en China

Lot #:
2 4 6 8 10 9 7 5 3 1
7/21

sterlingpublishing.com

Cuando tu abuelo te regala una caja de herramientas

ESCRITO POR
JAMIE L. B. DEENIHAN

ILUSTRADO POR
LORRAINE ROCHA

STERLING CHILDREN'S BOOKS
New York

Querías una casa especial para tus muñecas.

Pero, ¡sorpresa! Es una . . .

...CAJA DE HERRAMIENTAS.

¿Qué debes hacer cuando tu abuelo te regala una caja de herramientas por tu cumpleaños?

Primero, ten paciencia. Tu abuelo querrá mostrarte
cada una de las herramientas.

Luego, felicita a tu abuelo mientras te muestra fotos de todos los proyectos que ha construido desde que era niño.

Cuando tu abuelo te haya contado todas sus historias, dale un abrazo, agradécele y dile que vas a encontrar un lugar especial para guardar tu caja de herramientas.

NO:

la lances al espacio,

se la des de comer al Tiranosaurio Rex,

la amarres a una bola de demolición.

Hay muchos lugares en tu jardín
donde puedes esconderla.

Te resultará fácil olvidarte de la caja de herramientas de tu abuelo.

Hasta que conozcas a alguien que necesita ayuda y tengas una idea.

Quizás la caja de herramientas de tu
abuelo sea útil en este caso.

Como nuevo constructor, deberás encontrar un director de proyectos experimentado para ayudarte a comenzar.

Juntos pueden crear un plan y prepararse.

¡LA SEGURIDAD ANTE TODO!

Con ayuda y mucha práctica, descubrirás que en realidad eres bastante habilidoso.

La vecina no se quejará del ruido, pero sí te pedirá que le hagas algunas reparaciones . . .

. . . y te recomendará con todas sus amigas.

Al terminar el día, ofrecerán pagarte, pero
tú tendrás una idea aún mejor.

Tu abuelo y tú trabajarán juntos tomando medidas y serruchando,

taladrando y martillando,

pegando y pintando,

hasta que, finalmente, hayan construido exactamente lo que tú querías.

UNA CASA ESPECIAL PARA
TUS MUÑECAS

Y TAMBIÉN EL PLANO PARA
TU PRÓXIMO PROYECTO.